KB106393

서른다섯
마흔여덟

서른다섯 마흔여덟

발행일	2021년 1월 8일

지은이	김성표		
펴낸이	손형국		
펴낸곳	(주)북랩		
편집인	선일영	편집	정두철, 윤성아, 최승헌, 배진용, 이예지
디자인	이현수, 한수희, 김민하, 김윤주, 허지혜	제작	박기성, 황동현, 구성우, 권태련
마케팅	김회란, 박진관		
출판등록	2004. 12. 1(제2012-000051호)		
주소	서울특별시 금천구 가산디지털 1로 168, 우림라이온스밸리 B동 B113~114호, C동 B101호		
홈페이지	www.book.co.kr		
전화번호	(02)2026-5777	팩스	(02)2026-5747

ISBN	979-11-6539-567-4 03810 (종이책)	979-11-6539-568-1 05810 (전자책)

김성표
첫 번째
시집

서른다섯
마흔여덟

청춘의 시절을 지나오며 많은 일을 겪었다
만남, 이별, 그리고 새로운 만남

어느덧 중년의 나이가 되어
고향, 가족, 삶에 대해 담담히 적는다

북랩 book Lab

___

시를 읽다 보니
마음에 비가 내리고 바람이 불고 단풍이 들고
생각에 잠겼습니다.
제 안에 있던 감정과 생각들을 적었던 글들,
그리고 요즘의 느낌들을 다듬고 모았습니다.
제가 쓴 글들을 읽는 동안
당신의 마음에도 비가 내리고 바람이 불었으면 합니다.
따뜻한 커피 한 잔, 국밥 한 그릇처럼
작은 위로가 되면 좋겠습니다.
그리고 당신 안에 있는 감정을 깨워
무엇인가를 다시 시작하는 힘이 되었으면 합니다.

2020년 12월
김성표

차례

머리말 · *5*

1부　**이별**

서른다섯 · *14*

후회 · *15*

습관 · *16*

－ 詩作 노트 : 습관 · *17*

이별 · *18*

－ 詩作 노트 : 이별 · *19*

상처 － 멍 · *20*

이별과 만남에 대하여 · *22*

2부　다시 시작

첫사랑 · *24*

– 詩作 노트 : 첫사랑 · *25*

마음 공간 · *26*

남자가 여자를 사랑하면 · *27*

– 詩作 노트 : 남자가 여자를 사랑하면 · *29*

여자가 남자를 사랑하면 · *30*

두 번째 인연을 위해 · *32*

독감예방주사 · *34*

– 詩作 노트 : 독감예방주사 · *35*

사랑예방주사 · *36*

사랑의 기술 · *37*

A형　남자 AB형 여자 · *38*

찰나 · *39*

순간과 영원 · *40*

햇살처럼 눈부신 · *41*

3부　**필수요소, 부작용**

청춘에게 · *44*

– 詩作 노트 : 청춘에게 · *46*

부자 1 · *48*

부자 2 · *50*

대구를 떠나며 · *51*

돈의 속성 · *52*

– 詩作 노트 : 돈의 속성 · *53*

금융교육 · *54*

투자 · *55*

직장인 · *56*

우울증 1 · *57*

– 詩作 노트 : 우울증 1 · *59*

우울증 2 · *60*

우울증 3 · *61*

4부 **계절**

봄 · *64*

여름 · *65*

가을 · *66*

비오는 날 · *67*

카페라떼 · *68*

김장 1 · *69*

– 詩作 노트 : 김장 1 · *71*

겨울 · *72*

김장 2 · *74*

5부 고향, 가족, 친구

제주어 · *76*

바람 · *78*

성산포 · *80*

우리 어멍 1 · *81*

– 詩作 노트 : 우리 어멍 1 · *83*

우리 어멍 2 · *84*

– 詩作 노트 : 우리 어멍 2 · *85*

넷째 형수 · *86*

우리 어멍 3 · *87*

– 詩作 노트 : 우리 어멍 3 · *89*

전복죽 · *90*

성산수고 구내식당 국수 · *92*

민혜에게 · *94*

우리 아방 · *95*

– 詩作 노트 : 우리 아방 · *97*

동반자 · *98*

동상동몽 · *99*

끝말잇기 · *100*

친구야 · *102*

6부 관점

코로나 블루 · *106*

진화 · *107*

– 詩作 노트 : 진화 · *109*

균형발전 · *110*

블랙스완 · *112*

– 詩作 노트 : 블랙스완 · *113*

왜 분노해야 하는가 · *114*

선물 1 · *115*

선물 2 · *116*

마흔여덟 · *117*

맺음말 · *118*

1부

이별

서른다섯

그 해
나는 이별에 대해 생각했다

왜 이런 일이 나한테 일어나는 걸까

아무리 생각해도
답을 찾을 수 없었다

이리저리
이곳저곳을 찾아다녀도

답이 없다는 걸 알았다
몇 년이 지난 후에야

후회

누군가와
함께했던
기억
못해준 것들만
맴돌고

차마 꺼내지 못한
그 말

그렇게 하지
못했음이
아쉬워

이젠 되돌릴 수 없는 시간

습관

누군가를 사랑했던 습관
쉽게 고쳐지지가 않아

그
향기, 촉감, 모습

같이 썼던 물건
아직 그대로 남아

잊혀지는 데 걸리는 시간
같이한 시간과 비례할까

다른 이를 만나
기억에서 지우려
애를 써본다

詩作 노트 : 습관

누군가와 함께한다는 것은 그 사람과의 삶이 익숙해지는 것입니다. 같이 밥을 먹고 생활을 하다 보면 사소한 것들도 내 삶의 일부분이 됩니다.

누군가로 채워져 있던 자리가 허전하게 느껴지는 것은, 우리도 모르는 사이에 그 사람이 삶의 일부가 되었기 때문일 것입니다. 그걸 잊기 위해서는 새로운 것들이 그 자리를 메우고 들어서야 합니다.

이별

그냥 이렇게 끝나면 되는 거지
아무 일 없다는 듯

자연스럽게
멀어지면 되는 거지

그동안 고마웠어
미안하단 말은 하지 않을게
무언가 해줄 수 있어서 좋았어

나 때문에 많이 힘들었을 텐데
이제 더 좋은 인연 만나길 바랄게

다만 나와 함께했던 시간들이
오래도록 좋은 기억으로
남길 바래

잘 지내

詩作 노트 : 이별

누군가와 만난다는 것은 참 어려운 일입니다. 하지만 누군가와 헤어진다는 것은 더 어려운 일입니다.

상처 - 멍

가슴에 파랗게
멍이 들었다

밖에선 보이지 않지만
나는 볼 수 있는

못해줘서
속상하게 해서
생긴

누군가를
떠나보내는 것
아무도 모를
어쩔 수 없는 일

사람이라는 약을 발라도
잘 낫지가 않는

그 시간을
기억할 때
조금씩 사라져 가는

이별과 만남에 대하여

살면서
몇 번씩
누군가를 만나고 헤어진다

더러는 너무 가슴이 아파
며칠이고 슬픔에 잠기고

처음부터 시작하지 말아야 할
만남이라는 걸 알면서도
생각과는 다르게 흘러가기도 한다

끝을 알 수 없기에
가능한
무모한 시작

2부

다시 시작

첫사랑

누군가는
처음 사랑을 잊지 못하고

누군가는
끝까지 잊혀지지 않는
사랑을 한다

누군가와
처음 하는

이 사람과는
늘
첫사랑

<u>詩作 노트 : 첫사랑</u>

　첫사랑은 보통 처음으로 사랑했던 사람을 지칭합니다. 많은 사람들이 첫사랑을 잊지 못한다고 합니다. 어떤 사람들에게는 첫 번째 사랑이 아니라, 두 번째나 세 번째 사랑이 더 오래 기억에 남을 수도 있습니다.

　지금 누군가와 사랑하고 있다면, 그 사람과는 처음 하는 사랑이니 첫사랑이라고 부르면 어떨까 생각하며 시를 썼습니다.

마음 공간

그 사람을 만나러 갑니다

그 사람을 잘 모르지만
그러면서도
좋아하는 마음
숨길 수가 없습니다

마음에
그 사람
머물 곳 하나
만들어 놓습니다

남자가 여자를 사랑하면

아침에 일어나
전화가 오진 않았나
궁금해하고

쪽지가 오진 않았나
인터넷을 뒤진다

출근하며 받는 전화에
즐거움이 묻어나고

같이 있지 못함이 미안하지만
참는 것도 연애의 일부라 여긴다

그녀가 좋아하는
귀걸이를 사주기 위해
커피 마실 돈을 모으고

같은 일상도
콧노래를 부르며
웃고 있다

힘들고 지루하던 일들이
재밌어지고

위로해주고
힘을 얻고 있음에
오늘도 감사하다

詩作 노트 : 남자가 여자를 사랑하면

누군가를 사랑하면 그 사람이 궁금해집니다. 뭘 하고 있는지, 뭘 먹었는지, 기분은 어떤지.

그 사람을 위해 무엇인가를 하고 싶어지고, 나의 상황을 다르게 받아들이게 됩니다.

여자가 남자를 사랑하면

사랑한다는 건
천 원짜리 커피 맛도 다르게 만드는 힘

지하철 타고 버스 타고
일하러 가는 길이
즐거워지게 만드는 것

지금은 초라하지만
나를 사랑할 수 있게 하고
서로를 사랑할 수 있게 만드는
놀라운 힘

힘든 상황을 잊어버리게 하고
무엇인가 하고 싶게 만드는 그것

보고 싶어 아프지만
참을 수 있는 그리움으로
살 수 있게 하는 것

앞으로보다
지금 이 순간을
충만하게 하는 힘

두 번째 인연을 위해

지금은 지난 상처가
말할 수 없이 아프지만

널 만나면
내 무릎 위에 앉히고
꼭 안아줄게

이제 괜찮아
아무 일 없을 거야
다 잘될 거야

등을 쓸어주고
머리를 만져줄게

잠들 때까지 팔베개를 해주고
뒤에서 꼭 안을 거야
아침에 일어나면
볼에 키스를 퍼부어야지

네가 힘들었던 것
이상으로
사랑할게

내 사랑이 힘이 든다는 건 알지만
이번엔 최선을 다해볼께

독감예방주사

독감주사를 맞았다
열이 나고
머리가 아프다

예방주산데
죽을 수도 있다

누군가를 좋아하는 것도
그렇다

詩作 노트 : 독감예방주사

코로나19의 대유행이 또 시작되었습니다. 독감과 코로나가 비슷한 증상을 나타낼 수 있기 때문에, 특히 올해는 독감예방주사를 꼭 맞는 게 좋다고 합니다.

그런데 독감예방주사를 맞고 사망하는 경우가 나타났습니다. 독감백신과 사망 원인은 연관이 없다고 하지만 걱정이 됐습니다. 평소에도 독감예방주사를 맞으면 감기증상이 심해져서 처음에는 웬만하면 맞지 않으려고 했습니다. 주사를 맞은 후, 역시나 열이 나고 몸살기운이 나서 걱정했지만 며칠이 지나자 괜찮아졌습니다.

사랑예방주사

감기예방주사처럼
사랑예방주사가 있었으면 좋겠다

한 번 맞으면
독한 사랑에 걸리지 않는

아니
더 자연스럽게
사랑할 줄 알게
만들어주는 주사

사랑의 기술

처음엔
뜨겁던 두 사람

시간이 지나면
무덤덤

생각의 차이
습관의 다름

그걸 극복하는 게
아니라
맞춰가야 하는데

그런 기술을
배운 적이 없네

A형 남자 AB형 여자

그 남자는 짜증이 나면
왜 그런지 설명하기가 힘들어요
이유가 너무 유치하다고 생각해서
그걸 설명하면
더 초라해진다고 여기거든요

그 여자는
화를 내는 이유에 대한 설명이 필요해요
명확한 논리가 있어야 한다는 거죠

둘 다 맞아요
그런데 다 자기 얘기만 하면
해결이 안 된답니다

찰나

꽃이 피었다
지는 시간

누군가를
사랑하는 시간

지속되지 않으므로
부여되는 의미

영원한 것이 없듯

누군가를 사랑하는 것도
잠시

---

* 찰나 : 불교에서 시간의 최소단위를 나타내는 말. 산스크리트어의
  '크샤나'를 음역한 것으로 '순간'이라는 뜻이다

순간과 영원

불꽃이 튀는
시간은 잠시

그 뒤로는
잔잔한 일상

화염이 폭발하는 순간만큼은
모든 것을 빨아들이는
절정의 순간

그것이
영원처럼
나락으로

햇살처럼 눈부신

인생에
몇 번은
그런 날이 찾아와요

햇살에
눈이 부셔
먹먹해지는 날

살다 보면
몇 번은
당신 앞에
그런 기회가
온답니다

놓쳐서는 안 될
그 순간

용기를 내세요
언제 또 이런 날이 올지 모르니

3부

필수요소, 부작용

청춘에게

푸르른 그 시절엔
어디로 갈지 몰라
방황했네

공부도
취업도
연애도
어려웠지

그래도 꿈을 찾아
하고 싶은 일을 찾아다녔어

지금이나 그때나
청춘은 어둡고 외로운 터널
끝이 보이지 않는 시간

그 길에 있는 당신과
내가 상관은 없지만

나도 외로웠고
당신도 어렵다는 걸
이해한다는 것뿐

詩作 노트 : 청춘에게

올해는 청년들에게 유난히 어려운 해인 것 같습니다. 그렇지 않아도 일자리를 구하기 어려운데 코로나19로 취업시장이 더 얼어붙었습니다.

개인적으로는 대학교 다닐 때 부모님의 뒷바라지로 큰 어려움 없이 졸업을 했지만, 돌이켜보면 나 역시 청년 시절에는 고민이 많았던 것 같습니다.

대학원 다니던 시절 배가 고파 책 뒤에 '눈물 젖은 빵'이라고 적었던 기억이 납니다. 집에서 보내주는 돈이 있었지만 생활하는 게 풍족하지는 않았고, 연애를 시작하던 때라 많이 궁했던 시절이었습니다.

대부분 대학교 1학년 혹은 2학년을 마치고 군대를 다녀왔지만 나는 대학원에 진학하며 휴학을 하는 바람에 석사 과정 중에 입대를 했습니다. 나이가 소대장들과 비슷했고 대학 후배들이 선임으로 있었습니다. 나이가 많다고 대우는 해줬지만, 까맣게 어린 후배들을 선임자로 모시는 것도 쉬운 일은 아니었습니다.

지금은 '나 때는 말이야'를 얘기하는 사십 대 후반이 됐습니다. 사무실에서 같이 일을 하는 청년들을 보면 안쓰럽기도 하고 대견하기도 합니다. 그들만의 주장을 가지고 살아가는 모습이 달라 보이지만, 오래된 것들 중에 좋은 것들은 잘 받아주었으면 하는 생각도 듭니다. 청년들을 이해하며 그들과 같이 얘기할 수 있는 중년이 되고자 합니다.

부자 1

누구나
이 세상에 태어나
소원이 있다면
그 중 하나는
부자로 사는 것

부자가 되면
하고 싶은 것
먹고 싶은 것
갖고 싶은 것
마음껏 누릴 수 있으니

이보게
당신 지갑에 얼마 있소
이보시게
당신 통장에 얼마나 있소

주식시장 요동치고
부동산 값 천정부지여도
부자들만 부자 되는
더 어려운 세상 아닌가

하루아침에
부자 되는 길은 없다고 하네
그저 차곡차곡 쌓아
잘 굴려야 한다지

그래야
이 세상
부자로 한 번 살아볼 수 있다고 하네

부자 2

나도 부자로 살고 싶다
계속 일만 하다
하고 싶은 일은 못 해보고
가는 건 아닌가

부자가 되면
시간도 많아지고
정말 내가 해보고 싶은 일을 할 수
있을 것이다

책 몇 권 읽고
부자가 된다면
지금보다 부자가 더 많아졌겠지

그래도
꿈꾸고
말해야
부자가 된단다

대구를 떠나며

엊그제 이곳에 온 것 같은데 벌써 4년이 지났습니다
돌이켜보면 힘든 일도 많았고 좌절할 때도 있었습니다
불합리한 것들에 대해 분노만 해야 할 때도 있었습니다

그런데 더 기억에 남는 건
여러분과 함께한 좋은 기억입니다
같이 가자고 말해주고, 더 열심히 하라고 웃으며 건네던
눈빛 때문에 행복했습니다

제가 가진 것들을 쏟아내고 가지 못해 아쉽습니다
구성원들이 역량을 마음껏 발휘할 수 있는
조직이 되면 좋겠습니다
경쟁과 인센티브만 있는 곳이 아니라
협력과 배려가 더 나은 가치라는 것을
느낄 수 있는 그런 곳이 되었으면 합니다

그동안 보내주신 믿음과 격려를 안고 가겠습니다
마음속 깊은 곳으로부터 감사의 마음을 전합니다

돈의 속성

돈은 인격체와 같아
잘 대해주어야
나한테 온대

애인은
깔끔하고 부지런한 사람을
좋아하는 것처럼

빨리 벌려고 한다거나
좋지 않은 방법으로 얻으려 하면
금방 사라져 버린대

詩作 노트 : 돈의 속성

　김승호의 『돈의 속성』이라는 책을 읽고 썼습니다. 돈은 인격체와 같고, 하루아침에 부자가 되는 방법은 없다는 내용이 인상적이었습니다. 많은 사람들이 부자가 되기를 원하지만 돈에 대해서 잘 알고 실천하는 것은 어려운 일입니다. 일찍부터 돈에 대해 알고 실천하는 노력이 중요하다는 것을 깨달았습니다.

금융교육

돈 걱정 하지 말고
너는 공부나 해라

근데 너한테 들어간 돈이 얼만줄 아니
그러게 돈 공부 좀 시켜주시지 그러셨어요

차라리 학원비로
주식을 사주마

이제라도
너에게
돈 공부를 시켜야겠다

투자

어디 부동산이 좋을까요
어떤 주식이 오를까요

그건
당신이 판단해야 합니다

예측을 한다는 건
불가능한 일이니까요

그리고 그걸
제가 알고 있다면
이미 부자가 되었겠지요

투자는
자신과의 싸움이자
철학입니다

직장인

나는
돈을 벌기 위해
이 일을 하오

나는
우리 조직이
잘 되기를 바라오

당신은
내가
당신을 위해
즐겁게
일해 주기를 바라겠지

나는
당신과 내가
마음이 잘
맞기를 바라오

우울증 1

누구는
마음의 감기라고 한다
그렇다면
나만 걸리는 게 아니구나

머리에
흐르는
뇌파장이
파란색
빨간색
조화로워야 한단다

이 병을 앓고 있는 환자는
10%부터 다시 시작
옷 입고
먹고
걷는 것부터
어린아이처럼

약 먹고
침 맞고
이야기하다 보면
좋아지겠지

문제는
재발이 잘 되니
2주 이상 지속되면
또 오라고 한다

우울하다

詩作 노트 : 우울증1

    내가 우울증일까 하는 의심이 든 것은, 여러 가지로 스트레스를 받고 있다는 생각이 들었고 스스로 화를 다스리기가 어렵다고 느껴졌기 때문입니다. 그래서 정신과 치료를 하는 한의원을 찾아갔습니다.

    검사 결과, 우울증이라는 소견을 받았습니다. 마음의 감기라는 말이 위로가 되기도 했고 주위에 어떻게 알려야 하나 걱정도 됐습니다. 그래도 혼자 앓는 게 아니고, 도움을 받으니 훨씬 더 좋아지는 느낌입니다. 아주 작은 것에서부터 하나하나 새롭게 시작한다는 게 쉬운 일은 아닌 것 같습니다. 문제는 쉽게 재발한다니 걱정이 됩니다.

우울증 2

2주 동안 증상이
나타나면 다시 오라더니

오늘은
그런 날인가보다

내가 화난 일
다른 사람
잘못인가요

내 마음의
감기인가요

머리에
파란색
빨간색
균형이 맞아야 하는데

우울증 3

우울증을 앓고 있는 사람이
주변에 있다면

얘기를 들어주세요
그리고 등을 쓸어주세요

그것만으로도
그 사람은 조금씩
나아질 겁니다

4부

계절

봄

한라산 영실
분홍빛 철쭉
물들고

일출봉 앞자락
노오란 유채로
넘실댄다

사라봉 가는 길
하얀 벚꽃
흩날리고

당신의 얼굴
핑크빛으로
달아올라

겨우내 움츠렸던 맘
기지개를 켜며
또 다시 시작

여름

뜨거운 백사장 모래
시원한 바다
모여든 사람들

계곡에 흐르는 물
첨벙대는 아이들 소리에
백숙이 익어간다

냉수 목욕도 잠시
선풍기 앞은 내 차지

빨갛게 익은 수박
얼음 동동 미숫가루
콩가루 우무 냉국

모기향을 켜 놓은 평상에
불어오는 여름 냄새

방학 동안 뛰어노느라
밀린 숙제는 언제 하지

가을

낙엽이 흩날리고
단풍이 물들고
꽃무릇 피어나는

아침저녁으로
선선한 날

매번 가을
이렇게 좋은 시간이지만

번번이 가을엔
끝내야 할 일이
많아

내년 가을엔
한시라도
그 좋은 시간
함께 보내기로
약속

비오는 날

코로나 덕분에 좋아지나 싶더니
겨울이 다가오며 미세먼지가 극성이다
가는 곳마다 공기청정기
이러다 안에서만 살아가는 실내인간이 되는 건 아닌지

비오는 날 공기가 맑아져 반갑다
아스팔트가 젖어 차선이 안 보여도
짙어진 커피 향에
클래식이 어울리고

좋아하는 사람과 창가에서
빗소리를 들어도 좋으련만
'우산은 가져왔어' 하고
물어보지는 말아야겠다

카페라떼

에스프레소를 내리고
우유 스티밍

동그라미
하트
윙튤립
로제타
스완
핸들링

커피에 우유로
그리는 그림

김장 1

배추를
뽑고
다듬고

소금에 절인다
굽뎅이에만 더

고춧가루
액젓
호박
찹쌀풀
무

가을 햇살
양념으로
절여진 배추를
발라준다

---

* 굽뎅이 : 배추의 잎사귀가 아닌 밑동 부분

수육과 막걸리
김장김치 삼합

일 년 먹을
양식을
가져왔다

詩作 노트 : 김장1

　이모님이 가까운 곳에서 농사를 지으며 살고 계십니다. 김장을 하면 가져다 먹으라고 하셨는데 몇 해 전부터는 힘에 부치시는지 전날 와서 배추 절이는 것을 도와달라고 하셨습니다. 직접 배추를 절이는 일을 해 보니 김장이 정말 손이 많이 가고 어려운 일임을 경험했습니다. 가져다 먹을 때는 몰랐는데, 이제 김장김치의 소중함을 깨달았습니다.

겨울

첫눈이 오기를 기다린다
누군가와 약속은 없지만
무언가 마음이 푸근해지는

창가에 가까이 다가가
따뜻한 커피를 마셔야지
퇴근길 차가 밀리지는 않을까
운전은 괜찮겠지
아침에 눈이 쌓이면
아무도 발자국을 남기지 말았으면

조금 있으면 크리스마스
가족들 선물은 뭘 사지
매년 오는 겨울이 유독 더 춥게
느껴질 수도 있겠다 올해는

그들에게 작은 것이라도
위로가 될 수 있으면 좋으련만
언제나 생각만 하다 끝나기가 일쑤다
이럴 때 더 다른 사람을 위해
무언가 해야 되는데…

한 해를 마무리하고
새로운 달력에 기념일을 적고
새로운 다짐으로 계획을 세우는 것도
달라져간다 무리한 계획보다
실천할 수 있는 힘과 의지가 더 중요해
올해는 무얼 할까 어떻게 살까
12월이 되어 후회하지 않을 그런 한 해가
되면 좋겠다 건강해야지

김장 2

내년에는

절인 배추로

하자요

5부

고향, 가족, 친구

제주어

미국 사람
영어로 말하고

프랑스 사람
불어로 말하지

서울 사람
서울말 쓰고

제주 사람
제주어로 말하지

어디 갔당 오멘?
멘도롱 똣똣?
무시겐 고람시
속솜허라
내불라
요망지다
잘도 곱닥허다

제주도 말엔
제주 삶이 들어 있지

---

* 어디 갔당 오멘 : 어디 갔다 오는 거야?
* 멘도롱 : 미지근하게 따뜻한
* 무시겐 고람시 : 뭐라고 하는 거야
* 속솜허라 : 입 다물어 줄래
* 내불라 : 내버려 둬 또는 돈을 내라(두 가지로 쓰일 수 있음)
* 요망지다 : 똘망똘망하다
* 잘도 곱닥허다 : 아주 예쁘다

바람

제주에는
바람이 막 쎄게
불어마씸

무산지는
모르쿠다마는
아멩해도
섬이라부난
경허는거 아닌가

바람이 쎄부난
밭담도 구멍이 숭숭

---

* 불어마씸 : 불어요
* 무산지는 : 왜 그런지('무사'는 통상적으로 '왜'라는 의미)
* 모르쿠다마는 : 모르겠지만
* 아멩해도 : 아무래도
* 섬이라부난 : 섬이어서
* 경허는거 : 그런 거

육지 사람들은
바람이 쎄민 놀래여도
여기선
이런 바람이 자주 불어부난
익숙해졌주

바당 냄새
무덩이신
제주 바람

* 바당 : 바다
* 무덩이신 : 묻어 있는

성산포

유채꽃 흐드러지게 피면
사람들 모여
축제를 했지

일본군 진지 동굴
우리 놀이터
몇 번이나 드나들던
귀신의 집

일출봉 앞바다
형들은 수영을 하고
나는 구경했네

소주 한 병 사들고 찾아가
위로해달라고
바다와 마주앉았네

우리 어멍 1

1934년 일본에서 태어낭
열한 살에 제주로 완

일본에선 운동화
제주에선 초신
발가락이 아팡 울었덴

열두 살에
시흥리 바당에서
물질을 배우고
열아홉에
육지로 물질허래 간

---

* 초신 : 짚신을 일컫는 제주어

스무 살에
아방허고 결혼허고
아들딸 6남 2녀
손자 손녀 열여덟
아직까지 뒤치다꺼리

먼저 보낸 동생
병원에 있는 동생
마음이 아파

소복이 눈 덮인 오름처럼
시퍼렁헌 바당처럼
푸근한
우리 어멍

어머니는 일본에서 태어나셨습니다. 열두 살부터 물질을 시작해서 열아홉 살부터는 육지로 물질을 하러 다니셨다고 합니다. 어머니 나이 스무 살 때, 6남 6녀의 대식구를 거느린 집에 시집오셔서 큰며느리 역할을 해오셨습니다.

슬하에 6남 2녀를 낳고 기르시면서 겪었을 일들을 생각하면 책 한 권으로도 모자랄 것 같습니다. 동생인 외삼촌은 먼저 하늘나라로 가셨고, 병원에 있는 이모를 볼 때마다 우시는 모습이 안쓰러울 뿐입니다.

어머니를 달리 표현할 방법이 없지만 지난 세월을 꿋꿋하게 견뎌내신 모습이 제주 바다와 오름처럼 강인하고 푸근하게 다가옵니다.

우리 어멍 2

새벽부터 일어낭
가마솥에 장작불을 지폈지

국수 솔망 학생신디 폴고
점심 출령 선생신디 폴고
20년 가까이
일궈온 구내식당

그걸로
8남매 뒷바라지
아방 사업 뒷바라지

깊어진 주름
아픈 허리
잠시라도 따뜻하게
찜질팩 보낸 것뿐

말썽꾸래기 막냉이
마음만 아프게 해드렸네

---

* 솔망 : 삶아서
* 폴고 : 팔고

詩作 노트 : 우리 어멍 2

　어머니는 성산수산고등학교 구내식당을 운영했습니다. 어머니에 대한
제 기억의 대부분은 구내식당을 운영하는 어머니의 모습입니다. 새벽에
일어나셔서 가마솥에 불을 때고 국수를 삶는 일, 선생님들 점심을 위해
반찬과 밥을 짓는 모습들이 선합니다.

　어머니가 늘 바쁘셨기 때문에 저는 숙제도 혼자 하고, 운동회나 학예
회에는 고모나 누나가 와서 짜장면을 사주셨던 기억이 납니다.

넷째 형수

내가 중학교 때부터
형수는 우리 집에 왔어요

부모님과 함께 살며
고생도 많이 하고
지금도 부모님 옆에서
힘이 되는 형수님

무엇보다
나한테는 고마운 것들이 너무 많아
다 갚을 수도 없지만

마음으로
보답할게요

우리 어멍 3

우리 어멍
날
서른아홉에
가졌다네
8남매의 막내로

큰고모 아니여시민
난 이 세상 빛
못 볼 뻔

나 유학헐 때
간디가 어디고
간디가 어디고

* 어멍 : 어머니
* 아니여시민 : 아니었으면

나 이별헐 때
그보다 큰일 겪은 사람도 하쩌
그보다 큰일 겪은 사람도 하쩌

일평생
자식 걱정
돈 걱정

우리 어멍 허는 말
돈은 좀 안 잔다
돈은 좀 안 잔다

이제라도 우리 어멍
호꼼 편안히 지내시민

───────

* 하쩌 : 많다
* 좀 : 잠
* 호꼼 : 조금
* 지내시민 : 지냈으면

저는 6남 2녀 중에 막내로 태어났습니다. 어머니 나이 서른아홉에 저를 가지셨으니, 지우려던 것을 큰고모가 말렸다고 합니다. 안 아픈 손가락이 어디 있을까마는, 그래도 지금까지 막내아들을 어여삐 여기시는 것 같아 늘 감사한 마음뿐입니다.

저의 인생은 여러 번 풍랑을 만났습니다. 그 속에서도 길을 잃지 않고 포기하지 않았던 것은 전적으로 어머니의 믿음이 있어서 가능했습니다. 어머니의 믿음이 나를 여기까지 오게 한 것 같습니다.

전복죽

막내아들 왔다고
동문시장에서
사 오신 전복

껍데기에 붙은
살은 숟가락으로
잘 떨어지게
떠어내고

내장은 모래를 빼내
따로 갈고
불려놓은 쌀은 참기름에
볶다가 마늘 넣고
푸르스름한 내장을 넣는다

냉동실에
성게알이 남아 있으면 좋으련만
맛있는 전복죽이 오늘 저녁이다
어머니는 어느 아들 생각을 하실까

많이도 끓이셨네
우리 어머니 큰 손
손맛을 당할 자가 없다

성산수고 구내식당 국수

뻣뻣하던 하얀 가락
장작불 땐
가마솥에 몸을 던져
실타래처럼 풀어지고

멸치 우려낸 육수는
밍밍하다

손잡이가 달린
노란색 양은냄비에
하얀 국수
말간 육수
담아낸다

싱거운 사람은
파와 고춧가루 간장 버무린
양념장 넣으시오

깍두기가 익어야
국수는 제맛이지

냄비 손잡이는 부러뜨리지 마세요

민혜에게

아빠도 너처럼
삐뚤어질 때가 있었단다

내가 하지 못했던 것들을
바라는 게 욕심이란 것을 알면서도
자꾸 욕심이 나고

좋은 말보다
화부터 내서 더 미안하구나

그런데 내 속마음은
민혜가 건강하고
행복하고
소중한 꿈을 이루길 바라는 거
알고 있지

우리 아방

우리 아방
농부에서 조합장으로
회사원에서 대리점 사장으로

애끼고 절약해야지
철저하게 사업 마인드 장착

8남매 뒷바라지하시느라
번 돈
다 어디 가싱고

새벽마다
날 깨워서
사라봉에 다녔지
솔찌민 안 된다

---

* 아방 : 아버지
* 가싱고 : 갔지
* 솔찌민 : 살찌면

한라산 철쭉 구경
어랭이 낚시

방황할 때
던졌던 그 말들
힘들 때
위로해주던 그 모습

이제 노을이 지듯
힘겨운 나날들
하루하루
편안하기만 바랄 뿐

────────
* 어랭이 : 용치놀래기

詩作 노트 : 우리 아방

아버지를 생각하면 늘 부지런하시고 아끼시던 모습이 먼저 생각납니다. 8남매를 책임지시기 위해 회사 생활을 하시면서 귤밭도 일구시고 나중에는 도매점을 운영하시다가 은퇴하셨습니다.

저에게 아버지는 화초를 잘 가꾸시는 농부이자, 이윤 창출에 능한 사업가입니다. 시흥리 귤밭에서 같이 일을 하다가 구워 먹던 고등어, 새벽에 자던 저를 깨우셔서 같이 운동하러 다니던 기억, 봄이면 철쭉이 핀 한라산 영실에 같이 올랐던 기억, 북촌에서 어렝이 낚시를 하던 기억이 선합니다. 어머니께 짜증내고 응석부리는 모습이 남자답지 못하다 생각했었는데, 저에게서 아버지의 향기가 물씬 풍기니 역시 그 아버지에 그 아들인가 봅니다.

아쉬운 것은 좀 더 많은 시간을 같이 하지 못했던 것입니다. 함께 더 많이 놀고, 맛있는 것도 더 먹고, 좋은 것도 더 많이 보고 싶었는데 지금은 아버지 건강이 허락하지 않아 그럴 수가 없음이 안타까울 뿐입니다.

동반자

당신이 나에게 얼마나
소중한지 미처 얘기를 못 했구려

같이 살다 보면
무덤덤해지는 까닭도 있겠지만
자꾸 표현하기가 멋쩍어서
나도 그냥 고맙다는 말
사랑한다는 말 자주 하지 못해
미안하오

옆에 있어줘서 고마워요
짜증내서 미안하고
서로가 많이 다르고
이해하기 어려운 것들을 내가 바라서
당신을 힘들게 하지는 않았으면 좋겠소

남은 길은 지금처럼 함께 갑시다

동상동몽

부부가
같은 침대에 눕습니다
따로 쓰는 사람들도 있겠지요

같은 곳에 누워있어도
다른 생각을 할 수 있고

다른 곳에 누워있어도
같은 생각을 할 수 있어요

오늘은 뭘 했는지
무얼 먹었는지
아이는 괜찮은지
소소한 말들로 소통하세요

언제 잘꺼요
불 꺼요

끝말잇기

손녀 : 오빠
할머니 : 바나나

손녀 : 나로
할머니 : 녹음기

손녀 : 지름
할머니 : 름바

손녀 : 바지
할머니 : 지금

손녀 : 금단추
할머니 : 춥다

손녀 : 다람쥐
할머니 : 쥐구멍

손녀 : 멍게

할머니 : 게똥

손녀 : 똥꼬

할머니 : 꼬리

손녀 : 리짜로

할머니 : 로켓

손녀 : 케쥬얼

할머니 : 얼른

.

.

.

손녀 : 른은 없네.

할머니 : 른른

어느 병원 대기실에서 할머니와 손녀의 실제 끝말잇기를 메모한 내용

친구야

학교에서 돌아오는 길에 너희와 같이해서 좋았고
사춘기 시절 철없이 같이 놀던 때를 기억한다

청춘의 고민을 진지하게 나누지는 못했지만
그래도 늘 너희가 같이 있어 든든했다

어느새 각자의 일을 이루고
가정을 위해 살고 있는
나이가 되었구나
더러는 우리 곁을 떠난 친구야

마음 속 얘기 다 하지 못해
늘 그립기만 하구나

내년 설에는 소주 한 잔 하자

6부

관점

코로나 블루

그렇게 시작된 바이러스는
일 년이 다 가도록
잡히질 않는다

그나마
백신이 나온다니
내년 이맘때쯤이면
예전 일상으로 조금이라도
돌아갈 수 있으려나

우리 이젠
마음 백신
생활 백신
생태 백신
만들어가야 할 차례

모두 힘들지만
우울해하지 말고
우리 같이 이겨냅시다

진화

단백질에서
어류로
영장류로
사람으로

유전자 속에
우리를 형성하는 코드가
담겨 있다네

그 유전자가
조금 변하여
다른 종이 만들어진단다
목이 긴 기린이 태어나
다른 종보다
자연에서 살아남기 좋았던 것처럼

우리 마음도
이와 같다고 하네
무수히 많은 생각들이 만들어지고
그 중에 하나 선택되어
창의적인 아이디어가 된다지

생물도
마음도
진화한다네

詩作 노트 : 진화

생각의 진화가 저의 박사논문 주제였습니다. 사람들이 창의적인 생각을 만들어내는 기제가 진화론과 비슷하다는 가정에서 출발했습니다.

생물학계에서 다윈의 진화론은 정설로 받아들여지고 있습니다. 새로운 종이 만들어지는 기제는 다양성에 기반을 두고 무작위적 과정을 거치는 것으로 받아들여지고 있습니다. 다시 말해 변이나 변종이 발생하는 것에는 어떤 지적인 개입이나 목적성이 없이, 오직 환경에 의해서만 선택되는 것입니다.

창의적인 아이디어 역시 마찬가지입니다. 여러 아이디어가 무작위적으로 만들어지고, 그 중에 하나가 선택되는 것이라고 생각할 수 있습니다.

창의적 아이디어가 다윈의 진화론을 기제로 따른다면, 우리 사고의 다양성을 넓히고 여러 가지 다른 아이디어를 접목시킬 때 창의적인 아이디어가 나올 확률이 높아집니다. 이는 다른 조직이나 사회에도 적용이 가능할 것입니다.

균형발전

잘사는 곳은
점점 더 부가 축적되고
못사는 곳은
점점 더 어려워진다

잘사는 형제가
못사는 형제 도와주기 어렵듯
잘사는 곳이
그렇지 않은 곳을
도와주기도 어렵다

어려운 곳은
잘사는 곳이
더 내어주어야 한다고 말하고

잘사는 곳은
못사는 곳이 더
노력해야 한다고 말한다

잘사는 곳이 그렇게 된 건
자기 혼자서 그런 것이 아니고
다른 곳이 있어서 그런 거야

골고루 잘 사는 것은
처음부터 이루기 어려운 것이었을까
아니면

처음부터 그렇진 않았어
빠르게 성장할 땐
격차가 크지 않았지

오랫동안 쌓여서
그걸 바꾸기 어려운 거지
그렇다고 그냥 내버려둘 순 없잖아

블랙스완

백조는 하얗다고
믿었다

극단의 값은
일어날 확률이
아주 작아서
예측하기 어렵다
검은 백조를 발견한 것처럼

9/11 테러
서브프라임 모기지
코로나19

예측하기보다
대비해야 한다

★ 서브프라임 모기지 : 2008년 금융 위기

詩作 노트 : 블랙스완

　나심 탈레브의 『블랙스완』을 읽고 썼습니다. 이 책의 저자는 극단의 값을 예측하는 것은 불가능하다는 의미에서 블랙스완이라는 용어를 사용하였습니다. 9/11 테러나 금융위기 같은 사건들이 일어나기 전 몇몇 징조들이 있기는 했습니다. 하지만 그런 일이 실제로 일어날 것이라고 예측을 한다는 것은 어려운 일이었습니다. 소수의 사람들이 대비를 해야 한다고 주장했지만, 그 주장은 나중에야 인정을 받았습니다. 코로나19도 비슷한 현상으로 볼 수 있을 것 같습니다. 큰 틀에서 바라보며 이러한 위기에 대한 대비를 하는 게 최선일 것 같습니다.

왜 분노해야 하는가

우리가 분노해야 하는 이유는
가진 사람과 그렇지 못한 사람들 사이에
격차가 점점 더 벌어지기 때문입니다

그것은 기업이나 국가가
보다 적극적인 방식으로
불평등을 해소하지 못했기 때문입니다

이런 현실을 그냥 받아들이지 않고
주어진 현실에 대해 질문하고
바꾸어가야 하기 때문입니다

당신과 나의 생각과 행동이
우리 사회를 바꿔나갈 것이기 때문입니다

선물 1

어떤 사람에게는
이게 아무것도
아닐지 모르지만

내겐
내가 가진 것의
아주 큰 부분을
덜어내어
당신께 드립니다

선물 2

이 세상에 태어나
내가 받은 가장 큰 선물은
바로 너

나도
누군가에겐
이 세상
어느 것과도
바꿀 수 없는
선물이다

그걸
왜 우리는
자꾸 잊는 걸까

마흔여덟

돌아보니
어려울 때마다
힘이 되었던 건
주위에 있던 사람들

한번쯤
지나온 길
앞으로의 길을
곰곰이 생각해

실수도 많았고
후회도 가득하지만
입가가 올라가는
좋은 일도 많았어

그렇게 사는 거지
지금껏보다
조금 더 나아지길 바라며

맺음말

서른다섯, 저는 큰일을 겪었습니다.

누군가와 이별한다는 건 아픈 일이었고,

그 과정을 건뎌낸다는 건 쉬운 일이 아니었습니다.

건뎌냈다기보다는 잊으려 애썼다고 하는 게 맞을 것 같습니다. 잊기 위해, 건뎌내기 위해 글을 썼습니다.

마흔여덟, 지난 글들을 다시 읽었습니다.

그리고 무엇인가를 써 봐야겠다는 생각이 들었습니다.

저를 위해 그리고 혹시 누군가에게

조금이라도 위로가 될 수 있지 않을까 하는 생각에서…

시를 쓴다는 것이 쉽지 않은 일임을 느꼈습니다.

가벼운 생각으로 쉽게 쓰여진 것도 있고, 어렵게 쓰여진 것들도 있습니다.

자꾸 읽다 보니 고치게 되고, 이대로 시집을 내도 되나 하는 생각도 들었습니다. 그래도 시도하지 않으면 아무 일도 일어나지 않기에 용기를 내어봅니다.

2020년 12월
김성표